Isca,
Faísca!

Christine Naumann-Villemin

Isca, Faísca!

Ilustrações
Christine Davenier

Tradução Claudio Fragata

1ª edição

FTD

São Paulo – 2015

FTD

Copyright da edição brasileira © Editora FTD S.A., 2015
Todos os direitos reservados à
EDITORA FTD S.A.
Matriz: Rua Rui Barbosa, 156 – Bela Vista – São Paulo – SP
CEP 01326-010 – Tel. (0-XX-11) 3598-6000
Caixa Postal 65149 – CEP da Caixa Postal 01390-970
Internet: www.ftd.com.br
E-mail: projetos@ftd.com.br

First published in France under the title: *Oh, Pétard!*
© Kaléidoscope 2011

Diretora editorial
Ceciliany Alves

Gerente editorial
Valéria de Freitas Pereira

Editora
Cecilia Bassarani

Editora assistente
Agueda C. Guijarro del Pozo

Preparadora
Bruna Perrella Brito

Revisora
Elvira Rocha

Editora de arte
Andréia Crema

Diagramação
Sheila Moraes Ribeiro

Tratamento de imagens
Ana Isabela Pithan Maraschin

Diretor de operações e produção gráfica
Reginaldo Soares Damasceno

A - 565.875/19

Christine Naumann-Villemin nasceu em Lorraine, França, em 1964. Fonoaudióloga por formação, começou a inventar histórias para seus pacientes. Atualmente, tem mais de 60 livros publicados e já recebeu diversos prêmios literários.

Christine Davenier nasceu em Tours, França, em 1961. Estudou desenho na França e nos Estados Unidos, onde tem vários livros publicados e premiados. Atualmente, mora em Paris. Ministra palestras e *workshops* sobre a criação de livros infantis.

Claudio Fragata nasceu em Marília, São Paulo, em 1952. Escritor, jornalista e professor de literatura infantil na Oficina de Escrita Criativa, tem mais de 15 livros publicados. Venceu o Prêmio Jabuti, em 2014, na categoria Didático e Paradidático.

Dados Internacionais de Catalogação na Publicação (CIP)
(Câmara Brasileira do Livro, SP, Brasil)

Naumann-Villemin, Christine
 Isca, Faísca! / Christine Naumann-Villemin ; ilustrações Christine Davenier ; tradução Claudio Fragata. – 1. ed. – São Paulo : FTD, 2015.

 Título original: Oh, Pétard!
 ISBN 978-85-20-00099-1
 ISBN 978-2-877-67715-8 (ed. original)

 1. Contos – Literatura infantojuvenil I. Davenier, Christine. II. Título.

15-01310 CDD-028.5

Índices para catálogo sistemático:
1. Contos : Literatura infantil 028.5
2. Contos : Literatura infantojuvenil 028.5

Para todas as crianças que têm duas casas.
C. N.-V.

Antes, tudo era muito simples.
Havia a mulher que tinha perfume de violeta e que me dava ração.

Havia também o homem que me afagava
o focinho e me levava para fazer xixi.

E, então, vinham os outros: a maiorzinha que me paparicava...

... e o maluquinho do meio que jogava coisas para eu pegar.

Ah, havia também a menorzinha que pisava sem querer no meu rabo. Tudo bem, fazer o quê?

Mas, de repente, os sons da casa mudaram...

Um dia, aquele que me afagava o focinho
bateu a porta com força e foi embora.
As crianças choraram. Aquela que tinha
perfume de violeta ficou triste.

Alguns dias depois, o grandão apareceu e eu achei que tudo se arranjaria. Mas não. Ele saiu de novo levando os pequenos.

E, numa manhã, ele me levou também.

Mas o grandão se sentia triste.

A verdade é que ninguém estava contente!

Então, eu, Faísca, o cachorro da família, disse para mim mesmo:
QUERO QUE TUDO VOLTE A SER COMO ERA ANTES.
Uma só casa, todo mundo junto, e uma só vasilha de ração!
É isso aí! Não pode ser tão complicado assim
juntar todos eles de novo!

Vamos dançar?
Crianças, querem me acompanhar?

Acho que não foi uma boa ideia.

Vamos tentar outra coisa.
Uma boa birra? Vamos lá, crianças, boca fechada!
Nem uma palavra!

Vamos fingir que estamos doentes? Todos juntos: Ahhhhhh!

E se a gente uivar o dia inteiro? Em coro, crianças!

Ih! Não funcionou! Vamos relaxar um pouquinho para pensar...
Ei, nada mal essa nova caminha...

Já sei! Vou me fingir de morto!
(Vale tudo para chamar a atenção.)

É preciso reconhecer o que é bom:
na casa do grandão, eu posso dormir com as crianças.

Na casa da mulher cheirosa, posso brincar bastante no jardim.

Não adianta... Não estamos felizes.
Não é, crianças?

Embora a casa dele seja um bom restaurante!

E, sem dúvida, a casa dela é muito legal.

Eu realmente fiz tudo o que podia.
Mas preciso admitir: fracassei!
Nada será como antes.

Eu até me sinto muito bem aqui!

E, aqui, também é bom demais!

Quer saber?
Desde que me amem, tudo bem.

Quem é
Christine Naumann-Villemin

Arquivo pessoal

   Antes de se tornar escritora, Christine Naumann-Villemin era fonoaudióloga. Foi para seus pequenos pacientes que ela começou a inventar histórias. Quando percebeu que tinha jeito para isso, passou a escrever para os filhos, depois para os amigos dos filhos, depois para os primos dos amigos dos filhos e, uma vez, até mesmo para o seu gato. Hoje, Christine é professora e bibliotecária, vive rodeada de livros e crianças. Nasceu na região de Lorraine, na França, mas tem um espírito meio andaluz, quer dizer, um pouco cigano. Ela tem três filhos, um cachorro e um gato!

   Isca, Faísca! nasceu de um sonho muito comum entre filhos de pais separados: ver os pais novamente juntos. Algumas vezes, isso até acontece, mas o mais importante é se sentir amado pelos pais, sejam eles separados ou não. Foi isso o que Christine quis mostrar neste livro: o que importa não é que os pais se amem para sempre, mas que amem para sempre os seus filhos!

Quem é
Christine Davenier

Christine Davenier nasceu em Tours, França, em 1961. Estudou desenho na França e nos Estados Unidos, onde tem vários livros publicados e premiados. Atualmente, mora em Paris. Ministra palestras e *workshops* sobre a criação de livros infantis.

Sua intenção ao ilustrar *Isca, Faísca!* foi transmitir para as crianças que os nossos pais são nossos pais para sempre. E o amor que eles têm por seus filhos é tão forte que, mesmo precisando morar em casas diferentes, permanece intacto.

Quem é
Claudio Fragata

Claudio nasceu em Marília, no interior de São Paulo, em 1952, mas vive na capital há muitos anos. É escritor infantojuvenil e professor de literatura infantil na Oficina de Escrita Criativa. Vencedor do Prêmio Jabuti 2014. Pela FTD, publicou *Adorada*, traduziu *Zero, pra que te quero?*, de Gianni Rodari, e adaptou o clássico *Viagem ao centro da Terra*, de Júlio Verne.

Impresso no Parque Gráfico da Editora FTD
Avenida Antonio Bardella, 300
Fone: (0-XX-11) 3545-8600 e Fax: (0-XX-11) 2412-5375
07220-020 GUARULHOS (SP)